2022

Bienvenue au Refuge

Texte : Pascal Ruter.
Création graphique et illustrations : Yinan Chai.

Photo de couverture : Dmitrij Oskirko / 500Px Plus / via Getty Images.
Photos intérieures : Dmitrij Oskirko / 500Px Plus / via Getty Images, yanikap / 500px / 500Px Plus / via Getty Images, Laura Saffioti / EyeEm / via Getty Images, Svetlana Foote / 500Px Plus / via Getty Images, Westend61 / Westend61 / via Getty Images, imageBROKER/Stefan Huwiler / imageBROKER / via Getty Images.

Hachette Livre, 58, rue Jean-Bleuzen, 92178 Vanves Cedex.

Bienvenue au Refuge

Chaton en danger

hachette JEUNESSE

Bienvenue au refuge !

Elise, Robin, Audrey et Marco partagent la même passion : les animaux ! Dans la cabane qui leur sert de repaire, ils ont créé un refuge secret pour recueillir tous les animaux qui ont besoin d'aide. Chatons, renards, mésanges, belettes... toutes les espèces sont les bienvenues dans ce refuge de l'amitié !

Le chat

Le chat domestique est un carnivore de la famille des félins.

Longueur : 40 à 55 cm.

Poids : 3 à 5 kg.

Longévité : 12 à 18 ans.

Gestation : 63 jours en moyenne, pour 4 ou 5 chatons.

Habitat : Le chat est très attaché à son territoire. Il reste généralement à proximité des habitations.

Particularités : Ses sens sont très aiguisés et il retombe toujours sur ses pattes !

Le savais-tu ?

Contrairement aux idées reçues, le chat ne voit pas dans le noir. Mais il peut voir dans une semi-obscurité grâce à une couche réfléchissante située derrière sa rétine. C'est pourquoi on a parfois l'impression que ses yeux brillent dans le noir.

1

Des vacances bien méritées

Le moment tant attendu par les enfants arrive enfin : la cloche sonne.

– Passez de belles vacances ! déclare Andréa, le maître d'école. Profitez bien des premiers jours de printemps.

En quelques secondes, les affaires sont rangées dans les

cartables. Les enfants se précipitent vers la sortie en criant de joie.

Seul Marco, le fils du maître d'école, s'attarde devant la bibliothèque. Il a bien l'intention d'emprunter des documents sur les animaux. Sa passion pour la vie des bêtes est telle qu'il ne se lasse pas d'en découvrir toujours plus. Plus tard, il aimerait devenir vétérinaire, comme son oncle.

Même si elles s'impatientent, ses deux fidèles amies, Élise et Audrey, l'attendent avec gentillesse. Pour ces trois inséparables, rentrer ensemble de l'école est un plaisir sacré.

– Et comme ça, dit Élise, on ne croisera pas Colin.

– Tu as raison, renchérit Audrey. Pas de Colin, pas de tintouin !

S'il y a un camarade en qui les trois amis n'ont pas confiance, c'est bien Colin, le fils du maire. Il est toujours le premier à leur lancer des moqueries, leur poser toutes sortes de questions ou les suivre sur la route.

Marco, qui a trouvé son bonheur, est enfin prêt à quitter la classe.

En chemin, les trois amis font une halte à la boulangerie tenue par les parents d'Élise. L'odeur de pâtisserie qui leur monte au nez est toujours aussi délicieuse.

Voyant les enfants arriver, Véronique, la maman d'Élise, déclare :

– Je vous ai préparé des pains au chocolat et quelques bonbons pour fêter les vacances.

Tandis que les amis dégustent viennoiseries et friandises, les discussions vont bon train.

– Moi, pendant les vacances, je vais m'occuper d'Avalanche, annonce Audrey. Un poney demande beaucoup de soin. Je dois aussi soigner les chèvres et aider mes frères à réparer le vieux tracteur de la ferme.

Élise aussi a toutes sortes de projets. Elle se fait une joie d'améliorer le poulailler où vivent ses poules et de faire de longues promenades avec Napoléon, son chien beagle avec lequel elle passe de si bons moments.

Les deux filles remarquent un peu de tristesse dans le regard de Marco. Lui aussi rêverait d'être entouré d'animaux, mais ses parents n'en veulent pas. Toutefois, le garçon ne se laisse

pas abattre et préfère voir le bon côté des choses :

– Je vais lire mes livres et apprendre plein de choses sur les animaux.

– De toute façon, dit Audrey, j'aurai sûrement besoin de toi pour m'aider à m'occuper des chèvres.

– Et moi, ajoute Élise, je compte sur toi pour m'aider à améliorer mon poulailler. Tu pourras même prendre des œufs bien frais.

À l'idée de passer du temps à aider ses amies, un éclat de joie illumine le regard de Marco.

Hélas, le moment est venu de se séparer.

Arrivée chez elle, Élise se débarrasse aussitôt de son cartable. Napoléon l'attendait avec impatience et lui fait fête. Ensemble, ils se précipitent vers le clapier de Pablo, le lapin bélier, qui remue les oreilles en voyant la jeune fille. Il sait qu'il va avoir droit à de bonnes choses. Quel plaisir pour Élise de passer la main dans son poil si doux et de renouveler sa ration de carottes !

Elle apprécie ces moments de douceur avec les animaux. D'autant que cette tranquillité ne va pas durer, car son grand frère Robin va bientôt revenir

du collège. Une vraie tempête, celui-là !

Elle entend justement une porte claquer, des pas lourds cogner contre le sol et une voix qui demande :

– Élise ? Tu es là ? J'ai une idée !

Même si elle aime par-dessus tout les moments de paix avec ses animaux, Élise est fière que son grand frère fasse appel à elle. Et c'est avec plaisir qu'elle vient à sa rencontre. Ballon de foot sous le bras, en tenue de sport des pieds à la tête, Robin déclare aussitôt :

– Faut que je m'entraîne pour le match de la rentrée. Je voudrais mettre au point une technique secrète.

Le ballon est lancé et, pendant plusieurs minutes, Robin multiplie les dribbles, les roulettes et les amortis. Élise, qui ne touche pas le ballon, en a le tournis ! De son côté, Napoléon regarde ces exploits avec la plus grande curiosité. Soudain tenté, le beagle jaillit et parvient à subtiliser le ballon à Robin avant de détaler au loin, en poussant la balle avec sa truffe. Un vrai pro !

Vexé, Robin ne perd pas pour autant son humour :

– Je crois que je vais le prendre comme avant-centre dans mon équipe !

2

Des cris étranges

Élise s'éveille brutalement. La nuit est encore profonde. Non, elle n'a pas rêvé. Elle a bien entendu des cris. Est-ce Martin, son petit frère de 5 ans, qui a fait un cauchemar ?

Intriguée, elle tend l'oreille, prête à réagir. Le cri retentit à nouveau. Il vient de l'extérieur.

Ça ressemble à un animal qui hurle de détresse.

Élise se lève aussitôt, tremblant d'angoisse pour Pablo et pour ses poules. Le poulailler est solidement grillagé et le clapier de Pablo soigneusement protégé mais, avec la forêt toute proche, il arrive que des renards ou des fouines déjouent toutes les précautions.

La pleine lune illumine le jardin. De la fenêtre de sa chambre, Élise peut voir le poulailler et le clapier. Elle pousse un soupir de soulagement : tout a l'air normal.

Mais soudain, un long gémissement la fait sursauter. Elle en a des frissons dans le dos. Cette fois-ci, c'en est trop ! Il faut qu'elle en sache plus.

Elle s'engage discrètement dans le couloir, où elle rencontre une ombre qui lui fait battre le cœur. C'est son frère.

– Tu as entendu ? l'interpelle Robin.

– C'était quoi ? le questionne Élise.

– Je ne sais pas. Allons dans le jardin, on en apprendra peut-être plus.

– D'accord, mais prenons une lampe de poche.

Le frère et la sœur descendent discrètement au rez-de-chaussée et ouvrent la baie vitrée du salon. Ils tendent l'oreille, aux aguets. Le gémissement est de plus en plus plaintif et déchirant.

– Un animal est en train de souffrir, conclut Élise. Il faut le trouver.

Peut-être s'agit-il d'un petit chien blessé, d'un chat perdu ou même d'un oiseau tombé du nid.

Élise et Robin ont beau éclairer le jardin avec la lampe, ils ne remarquent rien de particulier.

– Allons nous recoucher, décide Robin. Il fait trop froid. Nous reprendrons les recherches demain matin, quand il fera jour.

– J'espère que la pauvre bête tiendra jusque-là, murmure Élise.

Le lendemain matin, après avoir avalé un chocolat chaud, le frère et la sœur se précipitent dehors. Leurs yeux sont encore gonflés de sommeil, mais une seule idée les anime : éclaircir le mystère.

Ce matin, les gémissements se sont tus. Bon ou mauvais signe ? Personne ne peut savoir.

À peine ont-ils fait quelques pas à l'extérieur qu'ils voient Marco et Audrey courir vers eux.

– Vous avez entendu, vous aussi ? demande Audrey. C'était affreux !

– Je pense que c'est un chat, dit Marco. Mon oncle m'a expliqué que les chats effrayés pouvaient grimper très haut dans les arbres et rester bloqués.

– Alors prenons la direction de la forêt, commande Robin.

Sans perdre une seconde, la petite bande se précipite à toute vitesse sur le chemin qui s'enfonce à travers bois.

– Regardez bien le sommet des arbres, conseille Audrey.

Heureusement que Marco a pensé à prendre une paire de

jumelles. Il aperçoit soudain une petite boule tigrée blottie entre deux branches d'un chêne.

– C'est bien un chat, confirme-t-il. Et il a l'air très jeune. Le pauvre n'a même plus la force de miauler.

Les quatre amis ont beau l'appeler, l'animal ne réagit pas.

– Pas de temps à perdre, clame Audrey. Il faut trouver un moyen de le récupérer.

Le chat peut en effet glisser dans le vide à tout moment. Et cette chute lui serait fatale.

– Vous allez me faire la courte échelle, ordonne Robin. Comme ça, j'arriverai à attraper les premières branches et à me hisser jusqu'au chat.

– Tu te prends pour Spiderman ? se moque Élise. Une fois là-haut, comment feras-tu pour redescendre ? Tu seras coincé, toi aussi, et on sera bien avancés !

Robin est un peu vexé, mais il doit bien admettre qu'Élise ne dit pas que des bêtises. Comment faire, alors ?

– J'ai une idée, déclare Audrey. Allons chercher une échelle à la ferme. Robin, tu m'accompagnes, car tu es le plus fort. Et pendant ce temps, Élise et

Marco, vous restez ici pour surveiller le chat.

Lorsque Audrey prend la direction des opérations, c'est un vrai bulldozer. Son énergie est contagieuse. Il ne leur faut que quelques minutes pour rapporter la fameuse échelle de la ferme.

– Maintenant, il faut la caler bien solidement contre l'arbre, conseille Robin. Pas question de tomber !

Hélas, l'échelle n'est pas tout à fait assez haute. Robin devra parcourir les derniers mètres en s'agrippant de branche en branche. Le garçon remonte ses manches et parvient rapidement en haut de l'échelle. La suite de l'ascension est plus délicate. Les branches couvertes de mousse sont glissantes. Certaines, trop fragiles, craquent sous ses pieds. En bas, les trois amis retiennent leur souffle. Encore deux mètres, puis un seul, quelques centimètres…

Enfin, Robin s'écrie :

– Je l'ai !

Il tient en effet la petite boule de poils tigrée contre lui. L'animal est transi et affamé. Le garçon le place dans son blouson pour lui transmettre un peu de sa chaleur et garder les mains libres.

Quelques secondes plus tard, il a rejoint le sol. Marco examine aussitôt l'animal grelottant.

– C'est une femelle, remarque-t-il. Elle est à peine adulte.

La petite chatte parvient à soulever ses paupières, révélant des yeux bleu acier.

– Elle n'a pas dû manger depuis longtemps, suppose Élise. Il faut absolument la nourrir et lui trouver un endroit bien douillet.

– En plus, elle est blessée à une patte, ajoute Robin.

En effet, son pelage est marqué d'une plaie rouge sur la patte avant.

– Heureusement que mon oncle m'a donné un kit d'apprenti vétérinaire. Je vais aller le chercher. Rendez-vous au repaire.

3

Le refuge

Le repaire des quatre amis, c'est le vieux pigeonnier qui tombe en ruine au fond du jardin de Robin et Élise. La végétation l'a envahi et cela fait bien longtemps que plus aucun pigeon ne le visite, mais c'est un lieu parfait pour se retrouver en secret, entre amis, loin des parents.

En attendant le retour de Marco, les enfants dénichent un vieux panier, qu'ils tapissent d'une vieille couverture dont plus personne ne se sert.

– Comme ça, elle aura bien chaud, déclare Audrey.

– Il faut aussi lui trouver à manger, renchérit Robin.

– Du lait et du poisson, propose Élise. Les chats adorent ce menu, je crois.

Ils trouvent une boîte de thon dans un placard et remplissent un bol de lait.

Malheureusement, la petite bête est encore trop faible pour se nourrir. Elle n'a même pas la force de se tenir sur ses pattes. Dès que les enfants tentent de la mettre debout, elle se laisse tomber sur le côté.

Marco ne tarde pas à rejoindre ses amis, muni de son kit de secours.

– J'ai souvent observé mon oncle à son cabinet de vétérinaire.

C'est avec des gestes assurés qu'il nettoie la plaie et entoure la patte avec une bande. Puis, examinant la petite gamelle du chat, il prévient :

– Le lait de vache n'est pas très bon pour les chats. Mieux vaut de l'eau. Après cette nuit glaciale, elle a surtout besoin de boire et de dormir bien au chaud.

Pendant quelques minutes, les enfants observent la beauté délicate de sa petite tête. Sa fragilité donne envie de la protéger.

– Et ses petites oreilles, s'émerveille Audrey, elles sont si mignonnes.

– Elle appartient sûrement à quelqu'un du village, déclare Élise. On ne peut pas la garder.

La chatte ne porte aucun collier sur lequel trouver un nom, une adresse ou un numéro de téléphone.

– C'est normal, dit Marco. À la campagne, un collier est dangereux pour les chats ; ils risquent de s'étrangler avec en se prenant dans des branches.

Comment faire, alors, pour retrouver son maître ? Après quelques secondes de réflexion, Marco a une idée.

– Je vais aller voir ma mère ! Vous savez qu'elle travaille à la mairie. Quand un animal se perd, les gens alertent toujours la mairie. C'est elle qui reçoit les messages.

– Je viens avec toi ! décide Élise.

Sans attendre, les deux amis courent vers la mairie. Marco doit reprendre son souffle avant de demander à sa mère :

– Maman, est-ce que quelqu'un a signalé la disparition d'une chatte récemment ?

– Non, je n'ai reçu aucun message de ce genre… Pourquoi ?

C'est alors que la porte du bureau du maire s'ouvre. Colin apparaît avec son père. Quand il aperçoit ses deux camarades, son regard brille de curiosité. Hors de question de parler de cette aventure devant lui.

– Pour rien, chuchote Marco à sa mère.

Aussitôt après, Élise et Marco s'empressent de quitter les lieux.

– Bon réflexe, le félicite Élise. On le connaît, Colin ! S'il apprend qu'on s'occupe d'un animal, il voudra faire croire qu'il l'a trouvé avant nous. Juste pour nous embêter.

Maintenant que les quatre amis sont à nouveau réunis autour du panier, le moment est venu de trouver une famille adoptive pour la petite merveille tigrée qui s'y repose.

– Impossible pour moi, dit Marco d'une voix triste. Mes

parents ne veulent pas d'animaux.

– Pareil pour nous, ajoute Robin. Nous avons déjà deux chats à la maison, papa serait furieux si on en rapportait un troisième.

– Et à la ferme, renchérit Audrey, c'est compliqué. Entre les tracteurs et les vaches, il y a trop de menaces pour une chatte aussi fragile.

Que faire, alors ? Soudain, Marco se dresse sur ses jambes et crie :

– J'ai trouvé ! Quand il était petit, mon oncle rêvait de bâtir un refuge pour les animaux en détresse. On va le créer, ce refuge. Nous avons déjà notre premier pensionnaire.

– Un refuge ? demande Élise. Mais où ?

– Ici ! s'exclame Marco.

– C'est vrai, admet Audrey, l'endroit est idéal. Avec un peu de travail, on pourrait faire de ce pigeonnier un lieu très accueillant.

L'idée enflamme aussitôt l'imagination de la petite bande. Quel beau projet ! Un refuge qui serait leur

secret à eux quatre. Comme d'habitude, Audrey prend la direction des opérations.

– À la ferme, nous trouverons toutes sortes de choses qui nous seront utiles. On commence quand ?

– Tout de suite ! hurlent ses trois amis.

Seul Robin reste pensif. Sans quitter la chatte des yeux, il déclare :

– Il faut lui donner un nom. Je propose qu'on l'appelle Artémis.

– Artémis ? s'étonne sa sœur.

– Oui, c'est la déesse grecque de la nature, protectrice des jeunes animaux. Ça lui portera chance !

Tous les amis approuvent d'un hochement de tête.

4

À la recherche d'un foyer

Les jours suivants sont entièrement consacrés à la transformation du vieux pigeonnier en un refuge accueillant pour tous les animaux qui pourraient en avoir besoin. Grâce à ses talents de bricoleuse, Audrey taille de petites couchettes dans des planches de bois, tandis que

Marco dessine les plans de maisonnettes pour oiseaux et chauves-souris.

– Même des chauves-souris ? s'étonne Élise.

– Oui, répond Marco, tout le monde aura sa place dans le refuge. Les chats, les chiens, les hérissons, les oiseaux et même les taupes si on en trouve.

– Même les serpents et les limaces ? demande encore Élise.

– Euh… On verra.

Les enfants ont de quoi être fiers de leur travail. À force de ténacité, d'astuces et de talent, le pigeonnier envahi de lierre et de ronces s'est transformé en une chaleureuse maisonnette où les bêtes en détresse pourront reprendre des forces et échapper aux dangers qui les guettent.

– Ici, ce sera la pharmacie de secours, informe Marco. J'ai apporté toutes sortes de produits donnés par mon oncle.

– Et ici le garde-manger, ajoute Élise. On y mettra quelques boîtes de nourriture et des sacs de graines en cas d'urgence.

Audrey a même pensé à apporter de vieux talkies-walkies qui appartenaient à ses grands frères et qui permettront de communiquer à distance.

– Avec ça, on pourra s'appeler en secret.

Les quatre inséparables se sentent à l'aube d'une aventure extraordinaire.

– Tout ça grâce à Artémis ! déclare Robin.

– Vive Artémis ! reprennent-ils en chœur.

La petite chatte élit domicile sur une des couchettes garnies de paille bien douce. Chaque jour, elle reprend davantage de vigueur. Les enfants ne ménagent pas leur peine pour lui apporter soins, nourriture et caresses.

Un soir, les parents d'Élise, qui sont très pris par la boulangerie, s'inquiètent un peu.

– Vous êtes sûrs que vous ne vous ennuyez pas, seuls toute la journée ? demande Véronique. Vous ne voulez pas aller chez vos grands-parents avec Martin ?

– Pas du tout, s'exclame Robin. Tout va très bien !

– Que faites-vous toute la journée ?

– On joue au foot, improvise Robin, on lit des histoires, on fait des puzzles de chats.

Il adresse un clin d'œil à sa sœur, qui se retient difficilement de rire.

Maintenant qu'Artémis est sauvée et prête à commencer une nouvelle vie, il est nécessaire de lui trouver un foyer.

– Regardez, dit Audrey à ses amis. Cette nuit, elle a gratté la porte, comme si elle essayait de se sauver.

– Elle doit commencer à se sentir à l'étroit, devine Élise.

– Normal, remarque Robin, c'est un refuge, pas une vraie maison.

– Ça tombe bien, annonce Marco, mon oncle vient dîner à la maison ce soir. Je lui demanderai des conseils pour faire adopter un petit chat.

– N'oublie pas que tout doit rester secret, lui rappelle Élise.

Le lendemain, Marco retrouve ses amis au refuge, où Artémis se laisse caresser sur les genoux d'Élise. Il a hâte de partager avec eux les renseignements obtenus.

– On peut s'adresser à la Société protectrice des animaux,

qui recueille les bêtes abandonnées ou perdues. C'est là que vont les gens désireux d'adopter un animal.

Hélas, l'oncle de Marco lui a révélé que, contrairement aux chiens, les chats ont bien peu de chances d'y trouver un nouveau maître.

– Autre solution, reprend Marco, passer une annonce.

– Mais dans ce cas, remarque Élise, on ne saura pas si Artémis tombe sur de bons maîtres. Et ça, c'est hors de question ! Les amis veulent être certains qu'elle sera bien soignée.

Tandis qu'ils sont en pleine discussion dans le refuge, des voix les font soudain sursauter. Des bruits de pas se rapprochent et bientôt apparaissent Michel et Babeth, les grands-parents d'Élise et Robin. Même s'ils les adorent, les deux enfants font grise mine.

– On venait voir si vous n'aviez besoin de rien, lance Babeth.

– Quel formidable endroit ! s'exclame Michel.

Il est visiblement admiratif du travail accompli.

– Moi aussi, je rêvais d'un endroit comme celui-ci quand j'étais petit. Malheureusement,

je vivais en ville. Un endroit secret et…

Il adresse un clin d'œil aux enfants et ajoute :

– … qui doit le rester.

En quelques secondes, un pacte est conclu entre les grands-parents et la petite bande.

– Promis, juré, nous ne dirons rien à personne, déclare Babeth.

La situation fait soudain naître une idée dans la tête de Marco. Il faut confier Artémis à des personnes à la retraite, qui auront le temps de la soigner et de la câliner.

– Tu as raison, reconnaît Babeth, mais nous avons un

petit chien qui ne supporte pas les chats. Nous allons interroger nos connaissances. D'ailleurs, nous devons vous quitter, car nous allons chercher des amis à la gare.

Pendant que ses camarades raccompagnent Michel et Babeth, Marco se penche vers Artémis.

Quelque chose l'intrigue dans son comportement. Quelque chose d'anormal.

5

Une découverte inquiétante

Les enfants ont pris l'habitude de se retrouver chez Élise et Robin dès la première heure. Et ce matin, Marco a prévu de changer une dernière fois le pansement d'Artémis. La petite chatte est maintenant rétablie et n'a qu'une hâte : retrouver la liberté.

Pendant que la petite bande se dirige vers le refuge, Marco déclare gravement :

– J'ai quelque chose à vous dire.

Au ton sérieux de sa voix, ses trois amis sentent qu'il faut l'écouter.

– Voilà, reprend Marco, j'ai remarqué quelque chose de bizarre dans le comportement d'Artémis : elle miaule très bruyamment.

– C'est vrai, confirme Robin. Et alors ?

– Alors j'ai fait des recherches et j'ai découvert que les chats qui miaulent très fort sont souvent sourds.

– Possible, murmure Audrey. Tu as d'autres indices ?

– Oui, répond Marco. J'ai également noté qu'elle sursautait souvent. C'est le signe qu'elle se repère avec ses yeux plutôt qu'avec ses oreilles. Les chats sourds courent de grands dangers, avertit Marco. Ils n'entendent pas les voitures et se défendent moins bien contre les agressions.

– Dans ce cas, murmure Élise, il faudra vraiment trouver un foyer particulièrement sécurisé.

– Allons vérifier tout ça, conclut Robin. Après tout,

peut-être qu'on s'affole pour rien et qu'Artémis entend très bien.

Bien décidés à faire passer quelques tests à leur protégée, les enfants ouvrent la porte du refuge.

Hélas, Artémis a disparu !

– Regardez ! s'écrie Audrey. Elle a dû passer par là.

En effet, deux planches mal jointes laissent passer un peu de jour. Artémis est si fine qu'elle n'a eu aucun mal à se faufiler dehors.

– Catastrophe, se lamente Élise. On aurait dû être plus soigneux !

Les pires images envahissent la tête des enfants.

– Et si elle se faisait renverser par une voiture ? imagine Marco.

Robin réagit avec davantage de sang-froid.

– Il faut réfléchir et agir. On peut certainement la rattraper.

La sonnerie du téléphone, dans la maison, interrompt la conversation. Même s'ils ont d'autres chats à fouetter (c'est le cas de le dire), Élise décide d'aller répondre.

Elle reconnaît immédiatement la voix de sa grand-mère.

– J'ai une très bonne nouvelle, annonce Babeth. Nos amis cherchent justement un petit chat, car ils sont inconsolables d'avoir perdu leur fidèle compagnon il y a quelques semaines. Ils déménagent prochainement en appartement et le soigneront très bien.

– C'est formidable, déclare Élise, le cœur serré à la pensée du chaton qui s'est échappé.

– Mais attention, ils quittent la région à midi, l'informe sa grand-mère. Il faut leur apporter le chat avant cette heure-là.

Élise hésite pendant quelques secondes et répond :

– Pas de problème ! Comptez sur nous. Artémis sera là avant midi.

Elle a un peu honte d'avoir menti à Babeth. Mais avait-elle une autre solution ?

– Nous devons absolument retrouver Artémis, explique-t-elle à ses amis. Un gentil foyer l'attend, il ne faut pas manquer cette occasion.

– Partons immédiatement à sa recherche, propose Audrey.

C'est une vraie course contre la montre qui s'engage.

– Prenons une corde ! suggère Robin. Ça peut servir.

– Et les talkies-walkies ! ajoute Marco. Comme ça, si on se sépare, on pourra communiquer à distance.

– Le problème, rétorque Élise, c'est qu'Artémis a pris beaucoup d'avance.

– J'ai une idée ! s'écrie Audrey. Je vais aller chercher Avalanche. Il nous transportera à toute vitesse sur son dos.

– Et moi, je vous suivrai en courant, décide Robin. Je suis très rapide grâce à mes entraînements.

Après un détour par la ferme, les enfants sont prêts à se lancer dans la folle poursuite. Ils savent qu'ils n'auront pas droit à l'erreur.

– Il faut trouver des indices sur la direction qu'elle a prise, déclare Audrey.

Observant attentivement le sol du jardin couvert de feuilles ainsi que le sable du chemin, les amis parviennent à des conclusions intéressantes.

– Ces empreintes montrent qu'elle s'est dirigée vers la forêt, devine Élise.

– C'est normal, lance Marco, les chats adorent la forêt, où ils redeviennent parfois sauvages. Ils y chassent les reptiles, les souris, les oiseaux mais aussi les papillons. La forêt est un terrain de jeu fantastique !

– Fantastique mais dangereux, précise

Audrey. Souvenez-vous que le chemin mène à la rivière.

– Et il a beaucoup plu dernièrement, remarque Robin. Le courant doit être très puissant.

– On fonce ! ordonne Audrey en grimpant sur le dos de son poney.

6

À quelques minutes près...

La poursuite s'engage alors, incroyablement rapide. Les cavaliers s'accrochent de toutes leurs forces à la crinière d'Avalanche. Le poney n'a jamais galopé aussi fougueusement. Grâce à ses bonds, il franchit les racines et les branches tombées en travers du chemin. À ses côtés, Robin ne se fait pas distancer, même si son cœur cogne dans sa poitrine et que les muscles de ses cuisses commencent à brûler.

– Tiens bon ! l'encourage Audrey. À cette allure, on va la rattraper rapidement.

C'est alors qu'au détour d'un chemin forestier apparaît une silhouette, hélas familière : Colin. Le garçon les espionne-t-il ? Se doute-t-il de leur secret depuis qu'il les a vus à la mairie ?

– On continue sans s'arrêter, décide Robin. Pas question de perdre du temps à cause de lui.

– Mauvaise idée, rétorque Audrey. Ça le rendrait encore plus curieux.

– Tu as raison, admet Élise. Essayons plutôt de nous débarrasser de lui.

Les amis s'arrêtent donc à sa hauteur.

– Qu'est-ce que vous faites dans le coin ? demande Colin. Hein ?

Son regard est plein de soupçons.

– Je… Je m'entraîne pour mon prochain match, ment Robin. La rapidité, c'est important.

Colin fronce les sourcils, comme s'il se doutait du mensonge.

– Génial, dit-il. Je viens avec vous. On va bien s'amuser !

Les amis sont certains que Colin a surtout envie de les espionner et de leur gâcher la vie. Il faut tout faire pour le décourager.

– J'ai une meilleure idée, improvise Robin. J'ai besoin d'un avant-centre dans mon équipe pour le prochain match, et comme tu es très bon, je me demande si tu accepterais de jouer avec nous.

Colin est visiblement flatté. Tout le monde sait qu'il ferait n'importe quoi pour intégrer l'équipe de foot de Robin.

– Entrer dans l'équipe ? s'étonne-t-il. Formidable.

– Dans ce cas, enchaîne Robin, va vite chercher ta tenue et tes chaussures à crampons et attends-nous au stade.

Colin ne se le fait pas dire deux fois et décampe à toute vitesse.

– Bien joué, frérot ! s'enthousiasme Élise. Ce n'est pas très gentil, mais avec toutes les méchancetés qu'il nous fait à l'école, il ne mérite que ça.

Un temps précieux a été perdu. Il faut absolument redoubler de vitesse. Alors Audrey donne un bout de carotte à Avalanche pour l'encourager.

– Hue, Avalanche ! s'écrie-t-elle.

Le poney et Robin s'engagent comme des flèches dans la descente vertigineuse qui mène à la rivière. Robin se prend les pieds dans une racine et trébuche, mais, grâce à un réflexe miraculeux, il parvient à éviter la chute. Avalanche est luisant de transpiration, il commence à fatiguer.

– On y est presque ! lance Marco. Regardez !

La rivière apparaît en effet entre les arbres. Et s'ils avaient suivi une mauvaise piste ? S'ils s'étaient trompés depuis le début ?

– Artémis est là-bas ! s'exclame soudain Élise.

Au bord de l'eau, la petite chatte se fait les griffes sur un tronc d'arbre qui flotte. Un bout de corde attire son attention et elle s'élance sur le morceau de bois.

Prise d'angoisse, Audrey hurle :

– Le courant va emporter l'arbre !

Le premier réflexe des enfants est de crier tous ensemble pour attirer

l'attention d'Artémis. Mais cette dernière n'entend rien.

Il leur faut s'approcher doucement, avec sang-froid, sinon elle risque de paniquer et de tomber à l'eau. Mais hélas, alors qu'ils ne sont plus qu'à quelques mètres de leur protégée, le tronc d'arbre se met à dériver et, emporté par le courant, à s'éloigner de la rive.

Terrorisée, la pauvre chatte pousse des hurlements de détresse. Le cerveau des enfants tourne à une vitesse folle et c'est Élise qui propose une solution en premier :

– Il y a une barque, là-bas, prenons-la ! Nous pouvons encore rattraper la chatte avant qu'elle ne tombe à l'eau.

Seul Marco hésite. Son visage est pâle, soudain.

– Je ne nage pas très bien, avoue-t-il. Et le courant risque de renverser la barque.

– Tu as raison d'être prudent, déclare Robin. On va tous s'attacher avec la corde. Si l'un de nous tombe à l'eau, les autres pourront le secourir.

En quelques secondes, les amis prennent place à bord de la vieille barque. Robin et Audrey s'emparent des rames tandis qu'Élise dirige l'embarcation grâce à un petit gouvernail. Marco, lui, donne des indications pour éviter remous et tourbillons.

Ces efforts sont payants : ils se rapprochent d'Artémis, qui se tient toujours en équilibre sur le tronc d'arbre. Encore deux mètres, puis un seul… Les enfants peuvent lire la terreur dans les yeux de la chatte. Audrey se penche en avant, elle sent les poils d'Artémis au bout de ses doigts.

– Victoire ! hurlent les amis d'une seule voix.

Il était temps. L'arbre est entraîné par un puissant remous qui l'engloutit. La petite Artémis frissonne dans les bras d'Audrey.

La bataille n'est pourtant pas encore gagnée. Marco consulte sa montre et s'écrie :

– 11 heures 30 ! Souvenez-vous, nous devons être de retour avant midi.

Les amis ont-ils encore une chance d'arriver à l'heure ? En quelques coups de rames, ils retrouvent la terre ferme.

– Je vais emporter Artémis sur Avalanche,

annonce Audrey. Je suis très légère, j'ai une chance d'arriver à l'heure.

– Prends un des talkies-walkies, conseille Robin. Comme ça, nous pourrons communiquer.

Audrey prend place sur le dos du poney, qui pousse un hennissement avant de s'élancer. Le cœur tourmenté d'angoisse, Élise, Robin et Marco regardent disparaître leur amie sur le chemin forestier.

À la vitesse de l'éclair, Avalanche traverse la forêt, sa cavalière agrippée à sa crinière. Le poney d'habitude si tranquille est transformé en pur-sang de compétition et c'est un bolide qui arrive devant la maison de Babeth et Michel. Audrey regarde sa montre et prend le talkie-walkie.

– Trop tard, les amis, avoue-t-elle à ses compagnons. Dix minutes de retard. Désolée. On se retrouve au refuge.

Audrey n'a pas le courage d'en dire davantage. Elle retient ses sanglots et s'apprête à prendre la direction du refuge quand un bruit la fait se retourner. C'est une porte qui s'ouvre. Babeth se tient sur le seuil de la maison.

– Le train de nos amis a été annulé, dit-elle. Ils sont encore là, prêts à adopter Artémis.

La joie inonde le cœur d'Audrey. La nouvelle est aussitôt annoncée aux autres, qui ne tardent pas à rejoindre leur amie.

Le moment des adieux est arrivé. Les quatre sauveteurs animaliers ont le cœur serré de devoir se séparer de leur protégée. Mais la mission est remplie : Artémis va trouver un doux foyer où elle pourra reprendre des forces en toute sécurité.

– Nous vous donnerons des nouvelles régulièrement,

promet la nouvelle maîtresse d'Artémis.

En fin d'après-midi, les amis se retrouvent au refuge, fiers de leur première mission.

– Avec les naissances du printemps, je suis sûr que d'autres d'animaux auront très vite besoin de notre aide, prédit Marco.

– J'ai plein d'idées d'améliorations pour le refuge, prévient Audrey.

La même question unit les quatre amis : quel animal sauveront-ils la prochaine fois ? En attendant de pouvoir y répondre, cette aventure leur a ouvert l'appétit. Les ventres gazouillent comme des oisillons abandonnés.

– Une petite expédition à la boulangerie pour soutenir nos estomacs en détresse, propose Élise, ça vous dit ?

Fin

Tu as aimé cette histoire ?
Retrouve très prochainement
une nouvelle aventure de

Bienvenue au Refuge

en Bibliothèque Verte !

Table

PAPIER À BASE DE
FIBRES CERTIFIÉES

hachette s'engage pour l'environnement en réduisant l'empreinte carbone de ses livres. Celle de cet exemplaire est de :
400g éq. CO_2
Rendez-vous sur
www.hachette-durable.fr

Photogravure Nord Compo - Villeneuve-d'Ascq
Imprimé en Roumanie par Rotolito Romania
Dépôt légal : juillet 2022
Achevé d'imprimer : juin 2022
46.9821.4/01 – ISBN 978-2-01-718059-3
Loi n° 49956 du 16 juillet 1949
sur les publications destinées à la jeunesse